DEMAIN
SERA UN AUTRE JOUR

Juan Carlos Onetti

DEMAIN SERA UN AUTRE JOUR

Nouvelles

Traduit de l'espagnol par André Gabastou

LE SERPENT A PLUMES *ÉDITIONS*

LE SERPENT A PLUMES *ÉDITIONS*
3, rue du Vieux-Colombier - 75006 Paris

Titres originaux :
PRESENCIA Y OTROS CUENTOS
El cerdito - Los amigos - Jabón
Presencia - El mercado - El gato
Luna llena - Mañana sera otro día

KI NO TSURAYUKI
ELLA
LA ARAUCARIA

Première publication Almarabu, 1986

N° ISBN : 2-908957-25-6

LE PETIT COCHON

LA DAME était toujours vêtue de noir et traînait en souriant son rhumatisme de la chambre à coucher à la salle à manger. Il n'y avait pas d'autre pièce ; toutefois une fenêtre donnait sur un petit jardin grisâtre. Elle consulta la montre qui pendait à sa poitrine et pensa qu'il y en avait encore pour plus d'une heure avant que les enfants n'arrivent. Ce n'étaient pas les siens. À deux, parfois à trois, ils venaient des maisons en ruine, au-delà de la petite place, traversaient le pont de bois au-dessus du ravin à présent à sec, où l'eau grondait lorsqu'en hiver se déchaînaient les tempêtes.

Ils allaient déjà à l'école mais parvenaient toujours à s'échapper de leur maison ou des salles de classe aux heures calmes et paresseuses de la sieste. Ils étaient tous les deux, ou tous les trois, sales, affamés et physiquement très différents. Mais la vieille retrouvait toujours en eux quelque trait de son petit-fils disparu ; parfois c'était Juan qui avait hérité des yeux ou de la franchise du regard et du sourire ; d'autres fois elle les découvrait chez Emilio ou chez Guido. Mais pas un seul après-midi ne passait sans que se fussent reproduits quelque expression, quelque geste du petit-fils.

Elle se dirigea sans se presser vers la cuisine pour préparer les trois bols de café au lait et les pancakes fourrés à la confiture de coing.

Cet après-midi-là, les gosses ne firent pas sonner la clochette de la grille, ils frappèrent avec la jointure des doigts contre la vitre de la porte d'entrée. Elle tarda à les entendre mais les coups, sans que leur intensité augmentât, se firent plus insistants. Comme elle était passée à la salle à manger pour dresser la table, elle finit par percevoir le bruit et distinguer les silhouettes qui avaient gravi les marches.

Assis autour de la table, les joues gonflées de délicieuses friandises, les enfants répétèrent les sottises habituelles et s'accusèrent les uns les autres de coups foireux et de trahisons. La vieille n'y comprenait goutte mais elle les regardait manger avec un sourire immuable aux lèvres ; cet après-midi-là, après avoir longtemps regardé pour ne pas se tromper, elle décida qu'Emilio lui rappelait beaucoup plus son petit-fils que les deux autres. Surtout les gestes des mains.

Tout en lavant la vaisselle dans la cuisine, elle entendit le chœur des rires, les chuchotements étouffés, puis ce fut le silence. Quelqu'un marcha d'un pas furtif mais elle ne put entendre le bruit sourd du fer contre sa tête. En fait, elle n'entendit plus rien, son corps tituba et elle s'immobilisa sur le sol de la cuisine.

Ils fouillèrent tous les meubles de la chambre à coucher, cherchèrent sous le matelas. Se partagèrent les billets et la petite monnaie, puis Juan suggéra à Emilio :

— Donne-lui encore un coup. Au cas où.

Ils marchèrent lentement sous le soleil et, arrivés à la grosse planche du ravin, chacun partit de son côté, rejoignit son misérable quartier. Chacun vers son gourbi et Guido, quand il fut dans le sien, vide comme toujours en plein après-midi, souleva vêtements, bouts de ferraille et vieilleries dans la caisse qui se trouvait près de son grabat. Il en sortit la tirelire blanche et toute tachée pour y glisser son argent ; une tirelire de plâtre en forme de petit cochon avec une rainure dans le dos.

LES AMIS

IL AVAIT DISPARU des réunions du vendredi au Tupinambá depuis qu'il l'avait vue sortir de la cathédrale avec sa mère. Si nous posions des questions à sa voisine, elle nous répondait qu'il n'était pas malade, qu'elle l'entendait remuer dans la cave où il habitait et que, la belle saison arrivant, elle le voyait partir après la sieste muni de son chevalet et de sa boîte de couleurs souillée en quête de ruelles inconnues dans le quartier sud.

Avant ma dernière visite, j'étais déjà venu deux fois dans sa cave. Un cabinet d'aisances dans un coin et quelques barreaux posés à hauteur du trottoir, une fenêtre, un trou percé par une pierre dans une vitre et un rideau taillé dans une serpillière, teint en rouge foncé, d'une forme qui correspondait si peu à l'usage qu'il me faisait penser à une vigoureuse, presque inconcevable, vomissure horizontale de vin rouge ; le lit dans un renfoncement, une grande caisse en guise de table, une petite lampe sale et nue pendant au plafond, voilà tout ce qu'il y avait. Et le reste, c'était lui tout entier : la poussière déjà transformée en croûte de crasse par les pluies qui passaient par le trou de la vitre, les cartons peints ou encore vierges, tout recroquevillés par la chaleur de l'été, des habits sales et vieux éparpillés sur les dalles du sol qui avaient été rouges un jour. Et surtout, ce qui était encore plus lui que tout le reste, ce qu'on ne pouvait lui escroquer ni au Salon national ni au Salon municipal, l'odeur aigre, l'odeur de son corps malade et vieilli, l'odeur répugnante que forment comme des couches superposées les sueurs jamais lavées, le mélange d'aisselles et de pieds fatigués.

C'est ainsi que vécut Simón jusqu'au jour où je fus mandaté par les pseudo-artistes qui se réunissaient avec moi au café pour forcer la consigne de la voisine, « il ne veut voir personne, pas même moi », l'affronter dans son réduit et exiger qu'il s'explique sur ses absences.

Le soir de la décision, pour tempérer la

misanthropie du peintre, les poètes à tignasse et privés d'endroit où publier leurs sonnets, élégies et poèmes en vers libres et les Picasso sans salons pensèrent qu'il était indispensable de rassembler de l'argent et d'imiter ce que fit Zeus avec Danaé. Les plus généreux furent les auteurs de plaquettes de poèmes que lisaient avec effusion et affection leurs familles, leurs fiancées et ceux qui fréquentaient notre table au café. J'étais l'un d'entre eux.

Après avoir parlé avec l'agent de change de minuit, nous avons obtenu que tous nos billets soient transformés en pièces d'argent d'une valeur de cinquante centimes chacune. Avant l'arrivée de la racaille insolente et tyrannique, je le rappelle, les pièces de monnaie étaient ainsi, elles valaient cinquante centimes d'argent. Aujourd'hui on utilise des pièces de même diamètre de cinq millions, de la menue monnaie d'un gris plombé qui ressemble au crépuscule pluvieux d'un lundi d'hiver.

Nous pouvions entrer à cinq dans ma voiture et les autres partirent avant à pied. Longèrent la rue Gonzalo Ramirez, entre les rues Médanos et Ejido. Cafiani, je me souviens, portait et protégeait la poche de papier qui contenait les kilos d'argent. Nous attendîmes jusqu'à ce que nous fussions tous là ; il y avait, tout en bas, la lumière d'une bougie. Simón devait être en train de lire ou peut-être avait-il oublié de l'éteindre. La fenêtre cassée était ouverte et les mains, les poings pleins d'argent pouvaient passer à travers les barreaux noirs et râpeux.

Quand Hernández murmura « allons-y », nos mains se faufilèrent entre les barreaux et nous les ouvrîmes. Le bruit des pièces qui s'éparpillaient fut tel qu'il nous effraya autant, ou presque, qu'il dut effrayer Simón en train de lire ou de dormir. Nous nous précipitâmes à toutes jambes vers la rue Ejido comme si nous venions de voler quelque chose. Et peut-être était-ce ce qui s'était passé. Qui peut savoir ?

Lorsque deux soirs plus tard le tribunal du Tupí décida que le moment était venu d'exiger de Simón qu'il s'explique sur ses absences, je dus me déplacer, répondre une grossièreté à la femme du « il ne veut voir personne » et descendre en jouant des épaules pour me frayer un passage dans la puanteur jusqu'au réduit où Simón lisait un livre à la lumière d'une lampe au kérosène en fer-blanc grossier et cabossé. Je lui apportais une bouteille de grappa mais il en avait déjà une chez lui, presque pleine et posée par terre, à portée de son bras raidi.

Et alors, la beauté du sol plein de trous, le présent et le futur d'une incroyable histoire, née de la sclérose et des cadavres de bouteilles qui cernaient le local lui appartinrent à nouveau.

L'histoire, racontée de sa bouche, me fit l'effet de montagnes russes, elle montait de l'immuable crasse du grabat, tandis que sa chevelure grise, que son antipathie pour le savon avait durcie, se répandait sur un oreiller troué et qu'il soulevait de temps en temps la bouteille voisine d'un bras maladroit. Elle commençait par une image de lui-même claudiquant sur l'avenue entre les ruines désertes de l'usine à gaz et la lourde silhouette du temple anglais. Puis le même personnage traînait sa jambe à jamais malade, le pupitre, la boîte de bois, face à la curiosité inquiète et parfois moqueuse des gosses de toutes les couleurs qui croupissaient dans le quartier sud. Je l'avais très souvent vu ainsi et dans mon souvenir c'est vers cette image de lui qu'allait ma préférence.

Il dit en bredouillant :

« Moi, j'ai arrêté de venir me soûler avec vous au Tupí parce que chaque cuite me revenait très cher et il me fallait économiser une partie des misérables quatre-vingts pesos de la pension que les Beaux-Arts me versent comme à regret malgré toutes les années qu'il me doivent, toutes ces années passées à enseigner le dessin et la peinture à des adolescents butés, incapables d'apprendre quoi que ce soit, car ceux qui comptent n'ont nul besoin de maîtres pour découvrir ce qu'ils sont et ce qu'ils ont envie de faire. Il est vrai que je suis né en Italie et j'ai pu voir pas mal de choses avant de venir en Amérique. Je devais économiser de l'argent, et m'acheter des bouteilles pour me soûler tout seul dans la cave me revenait beaucoup moins cher et je pouvais ainsi payer le bouquet de fleurs que je lui envoie à la fin de chaque mois quand je touche la pension. L'amour. Personne, pas même toi qui butines de l'une à l'autre, personne ne peut comprendre. Cela te prend en traître, comme le font certaines mortes. Et il n'y a plus rien à faire, inutile de trépigner ou de chercher à réduire à néant. Parce que personne ne sait si c'est quelque chose qui vient te frapper du dehors ou une chose que tu portais en toi, comme endormie et que tu avais crue parfois morte à jamais. Et que se passe-t-il alors ? Elle était en toi et sans avertissement préalable elle surgit et se répand dans tout ton corps et il faut se résigner, pis, il faut l'alimenter et faire en sorte que ses forces décuplent, l'obliger à te faire souffrir davantage. Et quand tu lui dis que c'est impossible, elle n'en a cure, en effet elle te répond que c'est peut-être vrai mais que tu n'as pas le choix, tu ne peux pas te libérer de ta douleur et tu dois continuer d'espérer, et d'autant plus si tu sais que cet espoir est vain. La même scène se répète mille fois et très souvent, quand tu es *sborniato**, tu éclates en sanglots et c'est comme si tu te penchais sur un lit pour t'apitoyer sur toi-même, toi qui es si vieux, si malade et si pauvre. Puis vient la honte. Je l'ai vue à la cathédrale. Mais avant elle était allée voir une exposition de mes tableaux et en avait choisi un que ses parents ne lui avaient pas laissé acheter bien qu'ils aient des millions qu'ils pourraient jeter par la fenêtre pour que Dieu leur pardonne d'avoir mis au monde ce profil, cette chevelure et ce corps. Mais elle dut laisser son nom et son adresse et c'est ainsi que j'ai pu, en me traînant, la retrouver. Je vous remercie pour l'argent que vous avez jeté comme des grêlons parce que je vais le garder pour le mariage. »

Je songeais à ses tableaux, à la géométrie de tons sourds comme un souvenir et à ces petites maisons en ruine de tant de couleurs qui se haïssaient et que seule la volonté des huiles et des spatules parvenait à maintenir debout.

« Un jour, elle est sortie de l'église sans sa mère, alors j'ai traversé le rideau de bruine et lui ai dit : Les fleurs ; elle a poursuivi son chemin sans m'entendre, puis s'est retournée et m'a

---

* *En italien dans le texte : ivre. (N.d.T.)*

demandé sans me regarder ou peut-être en me regardant avec dégoût : Comment savez-vous ? Je n'ai su lui dire qu'un mot : Moi. Il se peut qu'elle ait compris et depuis c'est comme si nous étions amis. »

Cafiani l'avait très souvent vu par des nuits claires ou pluvieuses, raide, un peu enfoncé dans l'ombre, face aux lumières de la maison de la jeune fille. Le visage tordu et immobile, un visage auquel l'eau ou la lune donnaient toujours un éclat argenté. Il nous disait au café : « Telle la statue de zinc de son infortune. » Cafiani écrivait des poèmes.

SAVON

IL NE FIT aucun signe pour que Saad arrêtât sa voiture. La silhouette calme et patiente s'ennuyait peut-être au bord du chemin, contre un arbre où le printemps commençait à poindre en dards d'un vert encore indécis.

Saad arrêta sa voiture en face de l'arbre et vit la grande valise noire, vit que la personne qui lui souriait avait une tête de femme, jeune, d'une extraordinaire beauté, un chandail rouge qui couvrait une poitrine sans le moindre soupçon de sein ; un torse lisse de garçon ; des pantalons noirs qui ne laissaient pas deviner la bosse du sexe. Homme, femme, éphèbe, hermaphrodite, Saad le voulut tout de suite, violemment, en haletant. Il devait monter dans sa voiture, Saad paniqué voulait cela, et il se mit à croire qu'il l'avait attendu depuis sa première jeunesse et en vint presque à imaginer qu'il aurait jusqu'à son dernier jour besoin de la présence ou de la proximité de cette créature à la coupe de cheveux masculine et au visage sans maquillage.

En montant, elle dit « merci » et Saad pensa que la voix n'avait rien révélé. C'était celle de quelqu'un qui avait dû beaucoup boire et fumer la nuit précédente, homme ou femme.

« Où veux-tu aller ? » demanda Saad pour pouvoir tourner la tête et observer les joues du passager : pas de trace de barbe mais une poitrine toujours aussi plate et hostile.

« Je vous avertis, un peu loin. Toujours tout droit. Quels étaient vos projets ? »

Pas de pomme d'Adam non plus sur son cou blanc.

Saad pensa : « Mes projets ? Exactement comme s'il avait décidé de modifier le voyage prévu. » Et comme s'il pouvait le faire, comme s'il voulait le faire, comme s'il était sûr, si elle était sûre, d'imposer en douceur les siens. La grande valise noire appuyée au siège arrière invitait au changement, proposait un arrachement délicieux. Et à l'intérieur il y avait la clef de son sexe, à supposer qu'il en eût un. Car rien ne rappelait chez elle la féminité frelatée d'un inverti, ou la virilité sourde d'une lesbienne. Que n'était-il possible de fouiller sa valise !

— Pour ma part, je n'ai pas de projets précis. J'ai un mois de vacances et, si Dieu me l'accorde, je ne veux rien faire qui me déplaise. Je pensais m'arrêter à Saint-Sébastien pour déjeuner. Puis continuer jusqu'à Pau où j'ai loué une petite maison mais je ne sais pas si je vais la trouver. Si tu veux, tu peux venir déjeuner avec moi, puis nous nous perdrons dans notre quête parmi les pins immenses. Tout ce que je sais, c'est qu'elle s'appelle " Pourquoi pas " et qu'elle se trouve près de l'Auberge du Sanglier. »

Pas de réponse, il s'enfonça dans son siège, le visage à nouveau éclairé d'un sourire et appuya sa nuque contre le dossier comme quelqu'un qui s'apprête à partir pour un long voyage.

Au bout de quelques jours, le désir de Saad se fit intense et il connut des moments de silence et de douleur muette en sa chère et paisible présence. Car cette créature adorée lui offrait — ou suggérait à peine — son double visage, ses deux corps, et très vite l'homme éprouva la nécessité angoissante de s'approcher et de serrer, indifférent dans ses étreintes rêvées que ce fût un corps de femme ou d'homme.

Pourtant il voulait savoir. Et quand elle descendait avec son panier à provisions le petit chemin sinueux, tracé dans les grands espaces de gazon vert par l'insistance de tant de pas perdus, il entrait comme un voleur dans la chambre à coucher du monstre convoité et examinait son lit, les deux tables et les petits flacons de médicaments. Ce qui ne lui servait à rien, le secret n'étant pas révélé. Et toujours sous le lit, fermée à clef, la grande valise noire.

Et quand il prenait le soleil en short et torse nu, elle se blottissait, pantalons noirs et chandail rouge, à l'ombre sous l'auvent de la petite maison ou sous les grands arbres pour sourire en paix à la beauté des constructions blanches éparpillées sur les douces petites collines.

Il nourrit l'espoir absurde, auquel il crut un temps, qu'il ferait taire ses doutes en entrant dans la salle de bains au moment où elle aurait fini de se doucher. Mais en flairant, il ne rencontra que le parfum du savon de pin qu'elle avait fait mousser sur son corps, sur sa poitrine, entre ses jambes, où le mystère se tenait en éveil, toujours seul, et inaccessible pour lui.

Jusqu'au moment où, presque d'un jour à l'autre, Saad commença à accepter. À désirer, plus que sa possession physique, la permanence du doute et du secret. Et à présent, jaloux, il la surveillait, craignant d'une imprudence, d'une phrase, la révélation de la vérité, dont il jouissait désormais de l'ignorance tout en continuant à souffrir.

Il voyait cet être grimper le long du sentier, agile et rapide, le corps un peu incliné sous le poids du panier. Il frissonna, se sentit vieux, et entra dans la petite maison en pensant à ce qu'il avait dû acheter pour le repas du soir.

PRESENCIA

À Luis Rosales

J'AVAIS LONGTEMPS gardé par-devers moi l'argent qu'on m'avait fait parvenir après la vente forcée du journal. Pour moi, il n'y avait plus, il n'y aurait jamais plus de Santa María reconstruite ni de *Liberal.* Tout était mort, incinéré, tout s'était perdu sur le fleuve, tout avait sombré dans le néant. Je mangeais avec les amis, nous nous soûlions ensemble, je m'isolais des journées entières dans mon appartement. Le sale argent restait au fond de ma poche, intact, je n'y touchais jamais. Il m'arrivait d'avoir faim mais aussi de ne pas avoir le courage de me déplacer pour aller manger ; parfois je laissais les heures s'écouler, de la fébrilité absurde du petit matin jusqu'à la tombée de la nuit, allongé sur mon lit, répétant mon nom syllabe par syllabe tout en regardant la photo de María José qui passait régulièrement de l'une de mes poches à la table de nuit pour y retourner le lendemain matin. C'était uniquement durant mes insomnies qu'elle me permettait de savoir qu'elle n'était pas heureuse et s'en étonnait. Sur mon planisphère, vingt centimètres séparaient Santa María de Madrid.

Je recevais de temps en temps *Presencia*, une brochure polycopiée, chichement imprimée. Elle arrivait des endroits les plus invraisemblables du monde et j'imaginais le groupe inconnu de Sanmariens se relayant pour la rédiger et la diffuser. Les nouvelles étaient toujours mauvaises, la tyrannie du général Cot sauvage, et il fallait une vocation de martyr pour s'atteler à une telle tâche. Et je devais consacrer à María José et à elle seule l'argent de l'expropriation. Je n'avais pas d'autre choix.

L'homme n'est pas petit, c'est la vie qui l'a rendu petit, cette vie qui respecte encore son crâne chauve et démesuré, un reflet graisseux sur son front, l'éclair d'avidité fixé dans ses yeux troubles. Il y a quelque chose de l'araignée dans ses mains velues qu'il pose comme des objets sur son bureau et referme pour feindre la détermination, me faire croire qu'il est toujours en vie malgré les coups durs du passé que lui prête mon imagination et la retraite opiniâtre de l'espoir. Il interroge et réfléchit, hésite sans grande conviction entre l'astuce, l'escroquerie et la vieille habitude de mentir et d'en rajouter. Il ne sourit pas, se penche, me regarde et détourne les yeux. Puis annonce pour tâter le terrain :

— Cinq mille pesetas, ça pourrait aller pour un début. Ce genre d'affaires n'a rien de facile. L'homme qu'il me faut est disponible en ce moment. Mais je ne peux pas le laisser bayer éternellement aux corneilles. J'ai besoin de cinq mille pesetas comptant. Pour le reste, nous verrons bien.

J'avais là, pensai-je, le compagnon idéal, tel que je l'avais souhaité tant pour la plaisanterie que pour le jeu. Je jetai un nouveau coup d'œil sur la coupure de journal que je lui avais apportée : *Détective privé - A. Tubor - 30, rue Castilla Vieja - Madrid - Espagne - Discrétion assurée.*

Je comptai les billets tout en affichant un sourire confiant, mais d'un enthousiasme modéré. Il laissa tomber l'argent sur le bois du bureau et ramena ses mains vers lui en fronçant les sourcils. Soupçons partagés. Il dit tout à coup d'une voix menaçante :

— Je dois remplir une fiche !

Quand il se dirigea vers le fichier — et il n'y avait dans cette pièce froide des premiers jours du printemps que ce meuble vertical, le bureau et deux chaises —, je découvris que j'avais vu juste, en effet l'homme avait les jambes frêles et toutes courtes. Il revint avec une chemise orange, se rassit et farfouilla dans sa poche en quête d'un stylo à bille. Il inscrivit la date sur un bristol et se pencha pour demander :

— Nom ?

— Le mien ou le sien ?

— Les fiches et les chemises portent toujours le nom du client. Et le client, c'est vous.

— Malabia, Jorge Malabia, répondis-je.

J'ajoutai mon adresse et mon numéro de téléphone ; puis inventai un domicile pour María José : 37, rue Sancho Dávila.

— Que voulez-vous au juste ?

— Tout. Qu'on la file, qu'on me dise ce qu'elle fait, qui elle voit. Par ailleurs, elle travaille. Dans une bibliothèque publique. Rue Fernández de Oviedo. Je ne me souviens plus du numéro. Mais c'est la seule de la rue. Elle doit figurer dans l'annuaire.

— Si vous pouviez la décrire. Et donner une photo.

Je lui remis la photo sans tristesse, avec un sentiment absurde et fragile de libération.

— Elle m'arrive ici, dis-je en me relevant et en montrant ma bouche. Pas tout à fait blonde, mettez châtain. Quant aux yeux, je n'en sais rien ; peut-être verts. Mais pas toujours. Dès que vous savez quelque chose, appelez-moi.

Quand je repartis, les billets étaient toujours sur la table. Je lui avais dit María José Lemos, et le nom semblait toujours aussi juste, c'était tout elle, comme une partie de son corps, comme sa peau. Un nom qui lui allait comme un gant et qui la dénonçait.

L'homme qui se faisait appeler Tubor, détective privé, descendit au bistrot du coin et commanda une bouteille de Rioja. Le quidam qui était derrière le comptoir ne lui accorda pas un seul regard et eut même l'air de ne pas le voir : Tubor hésita, puis posa mille pesetas sur le zinc humide et sale qui les séparait.

— Pour régler l'ardoise ! annonça-t-il.

Assis à une table, il se mit à boire un premier coup pour tromper l'angoisse, et les autres pour le plaisir, inaugurant ainsi trois jours de beuverie. Quand il put enfin dormir et se réveiller dans son réduit, il plongea sa tête jusqu'à la nuque dans la grande cuvette à fleurs. Puis retourna ses poches, sortit et s'achemina dans l'air frais du matin vers l'église Saint-Blaise. Il acheta un gros cierge dans la boutique du curé installée en face, traversa le parvis, s'enfonça dans la pénombre, tourna directement sur la gauche et se dirigea vers la Vierge qui l'avait toujours exaucé.

C'était une toute petite Vierge en bois de facture grossière, aux grands yeux, si pauvre, si chétive qu'elle était obligée de faire des miracles pour se faire pardonner, et Tubor en profitait. À genoux, il récita maints *Je vous salue Marie*, en essayant de se concentrer, de donner plus d'ardeur à sa foi. Il avait si souvent répété : je ne crois pas du tout en Dieu, mais en la Très Sainte Vierge, oui.

Transi et las, il attendit les premières ombres contre le vasistas crasseux, devant une bouteille de vin. Il en avait à présent une demi-douzaine dans le meuble aux archives. Il attendit la nuit et le silence de l'immeuble. Puis descendit deux étages et parcourut le vestibule en cherchant le veilleur de nuit du Westinghouse.

— La machine, dit-il.

L'autre caressa son visage rugueux et annonça

— Cinq douros. Maintenant, c'est cinq douros.

Il pensa que l'arrangement risquait de lui coûter plus cher encore.

— Cinq, dit l'homme, et il lui tendit les pièces de monnaie.

Il disposait désormais d'une machine à écrire électrique, dernier modèle, comme il était dit dans les annonces publicitaires des journaux.

RAPPORT 3/2/78-859 :

Suite à de multiples tentatives, j'ai réussi à localiser et identifier M. J. L., laquelle semble mener une existence on ne peut plus normale entre sa maison, son travail et quelques amies dont je ne suis pas parvenu à ce jour à découvrir les noms, détail que j'ajoute pour plus de clarté mais, selon moi, sans importance. Comme j'étais dans le bus n° 12 qui me menait à Cristo Rey...

Ainsi, au prix de mille pesetas par jour, j'obtins que María José sortît de la prison de Santa María et je pus la voir arpenter les rues avec des amies, descendre vers le quai — nimbé de brume, éclairé par un soleil fané, empli de barques de pêche, les plus fragiles du club nautique —, et cette femme n'était pas heureuse du tout parce qu'elle n'était pas avec moi et se demandait quelle intrusion dans ma vie m'empêchait de lui écrire ou imaginait ma dernière lettre, d'un optimisme mesuré, suggérant entre les lignes une promesse de retrouvailles.

Je la voyais agile et moqueuse, rajeunie, redevenue presqu'une enfant après tous ces mensonges tenaces écrits de ma plume. Libre, mince et rapide, traversant les paysages où nous nous étions promenés, les haltes ombragées que nous cherchions sans échanger un mot pour nous embrasser et nous toucher. Et je la voyais aussi marcher sur ses longues jambes, le visage trempé de bruine, se dirigeant, tout en l'ignorant, vers ce coin de rue où nous nous étions rencontrés pour la première fois.

Ce bonheur, régulièrement répété, dura vingt jours. Tubor me téléphona et me donna rendez-vous dans une cafétéria à deux pâtés de maisons de son bureau. Il était assis devant un verre de vin mais je ne voulus rien prendre. Je le sentais nerveux, excité par ce qu'il s'apprêtait à me révéler, et ses yeux sordides me regardaient, laissant entrevoir un répugnant mélange de crainte et d'affection.

— Toutes ces choses, je ne pouvais pas vous les apprendre par la poste. Vous m'avez chargé d'une mission, ce dont je m'acquitte. Je ne fais jamais faux bond. Vous pouvez me croire, sans bénéfices. Mon informateur et les faux frais me reviennent presque plus cher que ce que je touche. Mais je n'ai qu'une parole.

Il vida son verre et, d'un geste, en commanda un autre. J'attendais son histoire comme un nouveau cadeau et je préparais un creux pour la recevoir et l'étreindre. Il but une gorgée et alluma une cigarette.

— L'angle des rues Montera et Bécquer, ça vous dit quelque chose ?

— Non. Je vais rarement dans ce quartier de Madrid.

— Parfait. Vous devez bien être le seul. Il y a là, du côté de la rue Bécquer, une maison de rendez-vous. La meilleure ou la plus chère du coin. N'en prenez pas ombrage mais on l'a vue entrer dans cette maison le lundi 7, à cinq heures et quart de l'après-midi. Et bien sûr, elle n'était pas seule.

Déconcerté, abasourdi, je bredouillai :

— Mais elle travaille à la bibliothèque jusqu'à six heures !

— Je vous en prie. Vous savez bien que les femmes trouvent toujours un prétexte. Veuillez m'excuser, mais elles sont nées pour ça. Pour inventer des prétextes, je veux dire.

— Et l'homme, on a pu le voir ? demandai-je.

— Pas la première fois. Tout s'est passé à la vitesse de l'éclair. Après, oui. Il l'attend tous les après-midi à la sortie de la bibliothèque. Dans une Seat verte, 4022 M. C'est un grand type, plus âgé que vous, un peu grisonnant. Très bien habillé, il faut le reconnaître.

Je lui demandai de vérifier où ils allaient, si l'homme avait un endroit où l'emmener. Et lui avançai l'argent pour une semaine de plus.

C'était le vrai premier jour de printemps. Et alors commença le supplice. J'achetai une bouteille de whisky et montai chez moi, rendant au concierge son sourire et me trompant de bouton dans l'ascenseur. Je fermai toutes les fenêtres, me déshabillai sans regarder mon sexe et m'étendis sur le lit : j'interrompis la sonnerie et débranchai le téléphone. Et ainsi, en buvant et fumant, sans avoir à fournir d'efforts, je vis María José sortir de la bibliothèque de Santa María et monter dans la voiture. Ils ne s'embrassèrent pas, échangèrent juste un sourire trouble pour retarder les scènes à venir dans le petit chalet de Villa Petrus que l'homme sans visage, solide et infatigable, avait loué, ou qui peut-être lui appartenait. C'était un chalet suisse aux tuiles rouges, aussi fermé au monde que l'était alors ma chambre. Aussi bien allaient-ils retenir par des caresses l'attente du grand lit, mais peut-être s'étreindraient-ils et s'affaleraient-ils aussitôt. Le fait est que María José ne se laissait pas déshabiller. Lorsqu'elle était avec moi, c'était elle-même qui, debout, ôtait ses vêtements en m'adressant un sourire équivoque, jaugeant mon excitation, mon impatience, jouissant de tout cela. La petite maison se trouvait tout près du fleuve tumultueux et ses fenêtres laissaient filtrer les rayons d'un soleil en déclin. Je sais que la fenêtre était orientée à l'ouest parce que le chalet où ils étaient à présent ressemblait comme deux gouttes d'eau à celui où je lui donnais rendez-vous. Et aussitôt se mit en branle le défilé d'images, tout ce qu'on peut faire quand on est entouré de murs, tout ce que nous avions fait en tâtonnant, en explorant, en poursuivant, en croyant inventer en même temps le bonheur de l'autre. Mais ce qui avait été propre, sacré, était maintenant grotesque et bestial. Et ils découvraient à leur tour des unions impossibles, des accouplements insensés : l'homme grisonnant était de plus en plus vorace ; María José, de plus en plus animale, s'ouvrant chaque fois davantage, ses énormes cuisses — disproportionnées par rapport à son corps de jeune fille — presque prêtes à découvrir ses entrailles, quémandant, suppliant, rendant obscènes les mots d'amour qu'elle avait si souvent criés à mes oreilles. Autrefois, jamais plus.

Quand j'eus fini de vomir, je pus terminer la nuit en arpentant gauchement les rues presque désertes où chaque voiture, chaque feu, chaque passant me servaient de distraction, m'offraient une diversion et un oubli de courte durée.

Avril s'écoula ainsi, et j'éprouvais une sorte de honte en voyant ma tristesse s'émousser au fil des jours. Après la feria de Séville où, trompé par des amis et des affiches, je m'ennuyai à mourir et tombai de fatigue, je revins à Madrid et appelai si souvent Tubor que je finis par connaître son numéro par cœur. Quand, une semaine plus tard, je n'entendis plus rien au bout du fil, je me rendis à son bureau de la rue Castilla Vieja. Il était vide. Personne ne put me dire quoi que ce soit sur le nouveau destin du détective privé. Je refusai de calculer combien cette plaisanterie m'avait coûté et revins à ma vie paresseuse et somnambule.

Mais, début mai, Tubor m'appela et me dit :

— J'ai passé mon temps à vous appeler, comme un fou, et il n'y avait personne. J'ai quelque chose d'intéressant, de passionnant à vous dire. J'ai changé de bureau car l'autre, ce n'était qu'un gourbi. J'avais honte d'y recevoir mes amis et mes clients. Je suis très pressé, je dois partir mais je vous attends demain à cinq heures à l'aéroport international de Barajas. Cinq heures du soir, bien entendu. À la cafétéria. N'oubliez pas de m'apporter cinq mille pesetas car j'ai déjà presque tout dépensé. Il y avait belle lurette que je n'étais tombé sur une affaire aussi difficile. Donc pensez-y, sinon tout tombe à l'eau !

J'eus du mal à le trouver, à distinguer sa silhouette dans la foule, le flot antipathique de ceux qui arrivaient après avoir passé la douane et ceux qui attendaient le destin dans le bégaiement des haut-parleurs, et qui avaient droit à une pointe de tendresse. C'était bien la même tête repoussante et sévère, propre, rasée de près. Ses vêtements n'avaient rien à voir avec ceux de Tubor : ils étaient neufs, bien trop neufs ; sa chemise, d'une blancheur éblouissante, faisait ressortir sa cravate noir et argent. Mais il avait négligé ses souliers, ternes, un peu gondolés. Sur la table, il y avait une petite valise marron, carrée, ornée d'initiales dorées. On aurait dit une caisse.

Nous nous serrâmes la main en silence et je lui tendis la liasse de billets enroulés. Nous échangeâmes juste quelques mots parce que son avion s'apprêtait à partir. Il ne me dit pas où il allait et cela m'était bien égal. Je ne me souviens que de quelques phrases et du manège de ses mains velues.

— Cela va vous paraître invraisemblable et pourtant c'est la pure vérité. En effet, tout a été vérifié. L'affaire la plus compliquée qu'il m'ait été donné de vivre. Elle est partie en fumée, elle s'est envolée. Elle n'est pas revenue à la bibliothèque et du côté de chez elle, personne ne sait rien. Comme on dit : elle a filé à l'anglaise !

— La photo, lui dis-je doucement.

— Mais bien sûr ! Il sortit un portefeuille flambant neuf, farfouilla à l'intérieur et posa soigneusement sur la table la photo désormais sous cellophane.

L'homme regardait à droite, à gauche, comme si son avion, après avoir fait escale, avait pris la tangente. Je me levai sans le saluer et partis prendre un taxi.

Peu de temps après, l'impitoyable été s'abattit sur Madrid. Trois mois d'enfer, répétaient les gens. Un jour, le courrier de l'après-midi m'apporta un numéro de *Presencia* posté en Suisse. Après l'avoir regardé sans enthousiasme, je le dépliai et lus l'entrefilet suivant :

María José Lemos, étudiante, détenue dans l'île Latorre depuis le coup d'État militaire, a été arrêtée par la Garde nationale le 5 avril, date à laquelle elle quittait le pénitencier et recouvrait sa liberté. Depuis lors elle est portée disparue, sans qu'aucune autorité militaire ou policière ne daigne préciser où elle se trouve.

LE MARCHÉ

COMME elle avait abusé de festivités, Martha se réveilla en pleine nuit, s'affaira de tous côtés et ne voulut pas pleurer comme à l'accoutumée pour s'attirer les caresses d'Helena. Elle essaya de retrouver son rêve heureux et échoua. Elle éclata alors en sanglots, son visage éploré tourné contre l'oreiller, si seule, si malheureuse dans la nuit noire.

Mais Helena comprit, devina sans entendre quoi que ce soit et arriva de l'autre chambre. Patiente, elle écouta la tragédie.

— On m'a volé la moitié d'un rêve délicieux, où il y avait une plage, la mer et des chevaux tout blancs.

L'autre fillette, Judith, se joignit à sa détresse.

— Moi, j'ai fait un rêve agréable et étrange mais il s'est enfui au réveil, je l'ai perdu et je ne me souviens de rien.

Dès que le jour se leva, Helena habilla les fillettes et elles allèrent au marché.

L'entrée était vaste mais après quelques pas on se heurtait à de grosses colonnes de marbre striées de veines aux couleurs intenses comme on en voit à la mosquée de Cordoue, qui obligeaient au fur et à mesure que l'on avançait à se suivre à la file, à se frayer un passage et à essayer des chemins tortueux afin d'atteindre la grande cour d'azulejos où coulait en permanence une fontaine. Au ras du plafond voltigeaient lentement des marmottes ailées et à moitié endormies. L'une d'elles descendit et sans regarder Helena mordilla doucement la tête des fillettes et les emporta à travers une nouvelle forêt de colonnes jusqu'à un petit autel où un séraphin les reçut en souriant et il n'eut nul besoin de leur poser des questions pour savoir ce qu'elles voulaient.

Helena était encore sur le pas de la porte, peut-être oubliée, bloquée par les colonnes qui se dressaient en immenses et gros cylindres jaspés, surgissant à chaque pas, s'ordonnant pour l'obliger à suivre un sentier vibrant qui se transforma en impérieux labyrinthe et débouchа en la guidant sans violence sur la porte sans battants, sur le trottoir où l'attendaient déjà les fillettes avec les pétales de coquelicots connus de tout un chacun, garants du rêve et de son intangible absurdité.

LE CHAT

ON PEUT DIRE ou imaginer beaucoup de choses désagréables au sujet de John. Mais jamais je ne l'ai soupçonné de mentir ; il méprisait trop les gens pour s'inventer quelque fable qui lui fût favorable.

Si bien que lorsqu'il me raconta d'un ton enjoué et en buvant des martini dry l'histoire de l'un de ses mariages ratés, je ne mis pas un seul instant en doute sa sincérité. Cela revenait pour moi à regarder et entendre un film sans qu'il fût possible de recommencer et sans la moindre inquiétude sur son pouvoir de conviction. Il n'y avait pas non plus la moindre brèche pour un sourire.

Une semaine plus tôt je rentrais de Paris et souhaitais actualiser, confirmer ou démentir les rumeurs qui m'étaient parvenues au sujet d'amis plus ou moins communs durant mon absence.

John était un Anglais disert qui savait se moquer de tout avec un détachement parfois regrettable mais jamais méchant.

Nous bûmes, puis il y eut un long silence. John avait l'air de méditer ; dubitatif, il fronça les sourcils.

Il posa son verre sur la table et me dit, tout en gardant la même attitude, jambes croisées, profil résolu.

— C'est une Française et tu la connais. Peut-être t'en doutais-tu déjà car nous étions pratiquement mariés. Il ne manquait que le prêtre, le juge et l'arrivée de quelques vieux meubles de prix dont elle ne voulait pas se séparer. Bisaïeuls, aïeuls, parents, bref à peu près toute l'histoire de France. Moi, il n'y avait qu'elle qui m'intéressait, elle, Marie. Tu peux déjà chercher parmi toutes les Marie dont tu te souviens. J'étais fou et j'ai parfois pensé que c'était une folie sexuelle. La voir me suffisait, sentir un mouchoir oublié me suffisait, entrer aux toilettes après qu'elle en était sortie me suffisait. Nous nous voyions toutes les semaines, ici ou à Paris. Deux ou trois jours de suite. Nous allions et venions. Mon désir s'aiguisait de plus en plus et je m'en remettais entièrement à lui, il me harcelait et j'aimais toujours plus. Et chaque plus était comme une marche qui m'incitait à poser le pied sur une autre. Toujours en descendant parce que je savais que j'étais en train de perdre ma santé physique et mentale.

Me présentant toujours son épaule, il fit un signe à Jeeves et deux verres arrivèrent ; un martini dry pour lui et un gin tonic pour moi. Il alluma sa pipe (tout en sachant fort bien que fumer hâtait ma mort) et resta un moment songeur, il souriait presque mais la joie n'adoucissait pas ses lèvres. Comme toujours avec ce genre d'histoires, je ne me départais pas de mon silence et restais dans l'expectative ; j'en fus récompensé. Johny dit sans me regarder :

— Le chat, je l'ai baptisé Edgar, et non pas parce que c'était un chat noir avec des signes symboliques blancs annonçant des horreurs sur sa poitrine.

— Un soir, comme prévu, Marie est arrivée à l'aéroport. Je suis allé l'accueillir et nous avons joyeusement bu des cocktails comme toujours. Nous avons trinqué à notre bonheur conjugal. Bien qu'il n'y ait pas vraiment de quoi rire, c'est comique. Nous sommes allés dîner puis nous sommes allés chez moi. Je ne t'ai pas dit, parce que je l'ignorais et que peut-être est-ce pour moi sans importance, que la gardienne, à moitié la patronne, en pinçait pour moi ou tout simplement me haïssait sans raison. Bref, un truc dans le genre.

Nous sommes entrés et j'ai allumé la lumière. Elle n'était encore jamais venue là. Elle a regardé autour d'elle avec un sourire qui était déjà un sourire d'approbation avant même d'avoir vu le jour. Et elle a vu, nous avons vu, au beau milieu du lit recouvert d'une courtepointe de demoiselle, un grand et gros chat noir. Un chat que je voyais pour la première fois et qui semblait avoir l'habitude de venir ronronner en cet endroit. Les pattes repliées sous la poitrine, il nous a jeté un regard curieux avant de refermer les yeux. J'ignore toujours comment il avait pu entrer. J'ai quelques souçons, rien de plus. Je me suis approché de lui pour lui caresser le dos et la gorge et alors elle a littéralement explosé. M'enjoignant d'éjecter ce chat immonde car il allait remplir la chambre de puces. Elle hurlait, trépignait. J'ai allumé une cigarette et j'ai ouvert la porte. Lui ai dit que j'avais été content de découvrir par surprise que quelqu'un nous souhaitait la bienvenue. Elle m'a traité d'idiot et s'est mise à frapper dans ses mains jusqu'à ce que le chat se précipite vers la porte et l'ombre du couloir. Bon, nous allons boire un autre verre parce que pour un prologue, c'est largement suffisant. Ce qui s'est passé est pour moi fort simple mais guère aisé à expliquer. J'ai compris à ce moment-là que jamais je ne pourrais me marier avec cette femme ; qu'il m'était impossible de vivre avec elle, d'être heureux avec elle. Mais je ne le lui ai pas dit tout de suite et le reste de la nuit, sans oublier la fatigue du petit matin, s'est déroulé comme nous l'avions pressenti et désiré.

Il but une gorgée, alluma à nouveau sa pipe et afficha un sourire satisfait et provocant. Puis il se retourna pour me regarder dans les yeux et dit :

— Tout cela explique pour n'importe quel type intelligent pourquoi depuis lors je n'ai eu que des aventures et me suis juré qu'elles durent peu.

KI NO TSURAYUKI

CELA FAIT DEUX ANS que j'ai connu et commencé à fréquenter les Andrade. Aujourd'hui je raconte la partie la plus intéressante de leur vie, et ce que j'ignore je l'imagine sans risque de me tromper.

Comme tous les midis, quand Andrade se réveilla, Marisol n'était déjà plus au lit. Une douce odeur de sueur atténuée par les crèmes de beauté et l'arôme du café frais qui arrivait de la cuisine imprégnaient la chambre à coucher.

Il but d'un trait le reste de whisky, tiède à présent, que la nuit leur avait laissé et alluma une cigarette. La fumée grimpait en spirales grises de la même couleur que la lumière qui passait entre les fentes des persiennes. Tout triste, il pensa que le printemps n'était pas encore arrivé, et personne ne savait pourquoi.

Marisol dirigeait la page consacrée à la vie sociale que publiait son journal, depuis toujours le plus important, sous tous les gouvernements, passés ou à venir, civils ou militaires, féroce petite bible de l'Église et de l'oligarchie.

Après la salle de bains — lavé, rasé et enveloppé dans une luxueuse robe de chambre — il alla prendre un copieux petit déjeuner dans l'étroite salle de séjour en face de Marisol. Il ouvrit le journal pour qu'elle oublie qu'il l'avait regardée avec un air de reproche. Ses yeux brillants, les petites particules blanches aux ailes du nez. Sa joie sympathique et nerveuse. Oh, oui, supérieure au monde entier !

Combien de fois l'avait-il entendue jurer : « Jamais plus, je te jure ! » Ou variante : « Si je ne vais pas aux fêtes, je suis grillée et je me retrouve sans boulot. Et si j'y vais, je ne peux pas rester dans l'ombre comme une plouc. Et sans journal ni réunions, impossible de t'aider. »

— Quoi de neuf ? demanda Andrade.

— Ni le temps ni l'envie de regarder.

Andrade feuilleta le journal jusqu'à ce qu'il tombe sur la substantielle page des faire-part de décès.

Il voyait la femme, entendait la petite cuillère

s'enfoncer dans le demi-pamplemousse. Il y eut un nouveau moment d'accalmie, puis elle lui proposa un peu plus de café dans une grande tasse rebondie. Il accepta sans un mot, écarta le journal et la regarda rire en silence.

— Ne sois pas fâché et ne t'énerve pas. Pourquoi examines-tu la page si tu n'es pas capable de comprendre ? Moi j'ai la clé et après je t'explique, comme toujours. Mais d'abord un pardon et un sourire pour maman.

Maintenant, le printemps se montrait par intermittence à la baie du living, pour ensuite rebrousser chemin comme pris de remords, réduit à néant par les nuages et le vent.

Elle dit :

— Bon, il faut que je m'agite pour le déjeuner au Country. Ne perds pas ton temps à relire le journal parce que les veuves, ce n'est pas ton rayon. Moi, j'ai deux moribonds fort prometteurs en vue. Bonne chance. Et reçois ma bénédiction. N'oublie pas le programme du jour. Avec Camarosa, tu as raté ton coup.

Elle lui fit une grimace moqueuse et tendre et passa à la chambre à coucher pour s'habiller ct s'apprêter.

Marisol, éduquée dans une université yankee, avait imposé à la maison un régime alimentaire auquel Andrade avait fini par s'habituer : petit déjeuner copieux, n'importe quelle bricole au déjeuner et ils dînaient très souvent dehors.

L'après-midi, il travailla un peu sur ses agendas, l'un de l'année, l'autre de celle qui venait, car ils ne meurent pas tous avant le 1er juillet. Le 10 septembre, page vierge. Il continua à feuilleter et put constater que jusqu'à la mi-octobre aucune visite n'était notée.

Andrade vivait sans inquiétude grâce à un grand-père ou un arrière-grand-père qui avait, au siècle dernier, clôturé de fil de fer barbelé des champs sans propriétaire. À la suite d'une série d'héritages compliqués, cet immense pâturage, aujourd'hui réduit, orné de bêtes à cornes et de juments, était passé à son nom devant la loi. Ponctuellement, le régisseur l'escroquait à l'heure des virements et des comptes. Mais ce qui lui parvenait dépassait largement ses besoins. Marisol, de famille patricienne — et cela ne laissait pas d'être enviable — mais qui périclitait, apportait au ménage avec le salaire du journal et les extras, quand elle mentionnait le nom du petit couturier qui avait fait la robe de la fiancée ou de la jeune fille présentée en société, une somme rondelette qui équivalait presque aux rentes d'Andrade. Outre la présence que chacun offrait à l'autre, ils étaient par ailleurs généreux, insouciants et imprévisibles.

De plus, Andrade écrivait un roman depuis déjà des années. Personne n'en vit jamais une page, lui non plus peut-être. La seule vague trace de création littéraire, on pouvait la trouver sur une vieille affiche clouée au mur, au-dessus de son bureau. Qui disait : « Une œuvre littéraire telle que tout ce qui s'est écrit jusqu'à ce jour ressemblerait, en comparaison, à de la simple prose de collégien. » Toute coïncidence était fortuite.

Andrade mentit quand il déclara que l'appel téléphonique de Marisol l'avait surpris alors qu'il était en train de commencer le très difficile chapitre quatre de cet interminable roman. Il est à peu près sûr qu'il faisait la sieste, encouragé par le sempiternel dernier cognac et un peu de bicarbonate. Je suppose que Marisol dut dire :

— Il faut se remuer, mon beau. Ce matin est mort Estévez, Ramón, à l'hôpital où il devait subir deux opérations. Mort subite, le cœur. C'était ton ami, il n'y a pas d'enfants et c'était un maniaque de parachutisme, là-bas au polygone de Moron. Pas de vêtements de deuil, idiot, des choses strictes, attention à la cravate et, ça va de soi, la mine affligée.

En quelques heures, Andrade donna de l'importance à son amitié avec Estévez, grossissant de petits souvenirs, se persuadant qu'une relation suivie, qui frisait l'intimité, avait existé entre eux. Collège, service militaire, sauts audacieux au cours desquels tous deux se jetaient de l'avion, traversaient les airs accrochés au parachute, atterrissaient douloureusement sur le ventre, mais heureux, dans des terrains très souvent hostiles. Profonde amitié faite de beuveries et de confidences.

Inutile de savoir ni de deviner quel homme avait été physiquement son vieil ami le docteur Estévez, comment était son visage jamais vu. La mort rend tous les visages semblables et leur imprime (nous imprimera) ou dessine une expression commune à tous qui demande, désintéressée et sarcastique : « Et moi alors, qui remplis fidèlement mon contrat ? »

À la tombée du jour, il se mit un costume bleu sombre à très fines raies blanches presque imperceptibles. Il longea quelques pâtés de maisons jusqu'au nord de la ville, très près de l'endroit où ils vivaient. Après avoir signé l'album d'une écriture ample et lisible pour qu'on pût l'identifier sans peine, il pénétra dans la pièce des chuchotis et esquiva, sans grossièreté, le cercueil noir et doré. Nombreux étaient ceux qui entouraient, en signe de protection et de consolation, la jeune veuve et montraient, par là même, de qui il s'agissait. Immobile, sans verser une larme, elle était très belle avec ses bandeaux de cheveux noirs. Le plus désirable espoir vu ces derniers six mois.

Cette veuve : visage aussi pâle qu'un mur sur lequel on vient de passer une couche de chaux, impassible, accusant sans s'en rendre tout à fait compte un coup brutal, inattendu ; venu couper sa vie en deux, supprimer un bonheur qui ne serait tout juste qu'un lot de souvenirs, de plus en plus flous, de moins en moins douloureux.

Il avait fait provision de paroles stupides préparées à l'avance, mais il les changea, en murmurant, contre d'autres du même acabit :

— Incroyable. Ramón, un si cher ami. Qu'il repose en paix !

Puis il recula comme s'il cherchait à se faire oublier, à se cacher et, assis dans un coin, refusa le café et le porto qu'un garçon lui offrit. Après une heure de lamentations, de parents, d'amis et de sanglots redoublés, il put discrètement s'éclipser et revenir chez lui pour écrire — mensonge — l'interminable roman que, malgré sa totale inexistence, il avait eu la pudeur de ne pas qualifier de génial. En fait, il avait dû reprendre un cognac, fumer la pipe et lire des aventures policières du genre sans nom d'auteur, sans titre ni souvenir, en attendant l'arrivée de Marisol.

Toujours est-il qu'après son bref passage à la veillée funèbre d'Estévez, Andrade s'attela à la tâche. Après avoir extrait les agendas, comme on était le 21 septembre, il compta six mois et écrivit : « 20 mars l'année prochaine : Mme Estévez. Plus ou moins aujourd'hui. »

Il se découvrit une âme de travailleur que le cognac fortifia et fit un rapide bilan avec pour très satisfaisant résultat douze visites, quelques appels semestriels — parfois en catimini — et deux échecs en tout et pour tout. Soit il était arrivé trop tard, soit la place convoitée était déjà occupée depuis plus d'un an, bien avant sa première visite de deuil.

Et tout cela avait quelque chose d'anti-poétique, quelque chose de l'employé pointant à son arrivée au bureau, au sein de la poésie grandiose que produisent les résultats heureux.

Et ce travail, peu épuisant, était né deux ans auparavant de la lecture d'un conte poétique de l'écrivain japonais Ki no Tsurayuki publié en 905 et traduit au XXᵉ siècle dans les langues barbares.

Le poète prétendait avoir visité un cimetière dans lequel il avait vu une jolie petite Japonaise accroupie qui agitait, inlassablement, un grand éventail sur la terre d'une tombe. Poussé par la curiosité, mère du savoir et de la poésie, Ki no s'était approché de la jeune fille et, après avoir fait les trois révérences d'usage, s'était risqué à l'interroger. Aussi bien sans avoir eu besoin de recourir aux mots, avec uniquement l'air interrogateur de son visage. La fillette — toutes les jolies femmes traversent les années comme d'éternelles adolescentes — mit un terme au va-et-vient de son poignet, leva les yeux tout en arborant un sourire nippon hésitant et figé. Puis elle dit avec tristesse : « Mon mari m'a fait jurer, sur son lit de mort, de lui rester fidèle tant que la terre de sa tombe serait humide. Et l'automne a été si pluvieux ! »

Après cette merveille qui l'impressionna beaucoup, Andrade, mis en éveil, se souvint de racontars et d'une certaine expérience. Il fit des calculs et en conclut que tout veuvage, après six mois de solitude, ébranlait la carapace de la femme abandonnée et que, rendue vulnérable, il était possible de tirer parti de ses tourments et d'éparpiller ses souvenirs. J'ignore — ayant dû faire un voyage d'affaires — combien de temps passa, à quel degré d'exactitude avait atteint ou atteignit la comptabilité d'Andrade, aidé en tout instant de la sagesse complice de Marisol. Je soupçonnai que sa maîtresse le guidait sans coup férir vers l'accomplissement d'une exigence : que les cibles que la mort offrait fussent jeunes, belles et dotées d'une qualité indéfinissable qu'eux et moi appelions la classe.

Enfin de retour dans la ville la plus aimée du monde, « *ni Romes, ni Viennes, ni Paris* », comme dit un poète mexicain, et après avoir fait un compte rendu un peu à la manière du Grand Capitaine confronté au ministre de service, je fus mis au courant, sans le vouloir, de divers malheurs. Je passe sur les malheurs domestiques et ne retiens que la mort de Marisol et l'accident de voiture d'Andrade survenu plus tôt. Je sus qu'il avait fini par se marier, éperdu d'amour, avec l'une de ses veuves semestrielles. Elle s'appelait, s'appelle, Hortensia. Plus douée que lui dans les cabrioles érotiques, plus convaincante avec ses jeux d'alcôve, *allumeuse* née, elle le mena sans violences ni disputes devant juge et curé.

Elle écrivit le prologue avec une grande maestria linguistique, jupes fendues pour suggérer, en été, les cuisses si blanches et si puissantes ; et en hiver, elle portait des pantalons si ajustés qu'ils permettaient de voir, de deviner et de désirer les généreuses fesses bleues.

Le tout, susurré, parfois dit distinctement, par des amies de cœur qui en rajoutaient, éventuellement dans la calomnie.

Mais cela ne lui importait guère, car, même si c'était vrai, les ébats sexuels s'oublient dès le lendemain et perdent toute réalité.

Après un voyage de noces, il était revenu à la ville. La route est traître et Andrade, qui voyageait seul en quête de plages et de soleil, avait heurté un camion et en avait réchappé dans une clinique, quasi moribond, désormais impotent, ayant perdu l'usage de ses jambes.

À présent, émergeant d'une de ses heures quotidiennes de somnolence, Andrade essayait de reconquérir le monde, la pièce, mal assis dans le fauteuil à roulettes qu'il avait presque appris à manier avec dextérité.

À présent, il entendait la voix d'Hortensia apaiser le murmure d'une voix mâle, et dire : « Ne t'en fais pas, il ne se réveille pas avant ce soir. » Et les silences plus cruels que n'importe quelle parole venaient visiter, en se prolongeant, sa chambre de malade, d'infirme à vie.

Sans avoir besoin d'agenda, Andrade calcula qu'il s'était passé six mois depuis l'accident, presque mortel, qui l'avait séparé du monde des vivants, des gens pleins de santé et de désirs.

ELLE

LORSQUE ELLE mourut, après de longues semaines d'agonie, de morphine, d'espoirs, de nouvelles affligeantes démenties aussitôt avec énergie, le quartier nord ferma ses portes et ses fenêtres et imposa silence à son allégresse fêtée au champagne. Le plus intelligent d'entre eux risqua cette remarque : « Que voulez-vous que je vous dise ? D'après moi, et je n'ai pas l'habitude de me tromper, c'est le commencement de la fin. »

Pauvres millionnaires, Elle leur avait fait avaler tant de choses et le plus triste, c'est qu'Elle avait été infiniment plus belle que leurs épouses, dames bedonnantes qui sentaient encore le crottin, comme disait un Argentin. Il ne leur restait plus, à elles aussi, qu'à avaler les sourires cordiaux avec lesquels elles avaient accueilli ordres et humiliations. Car tous se rendaient bien compte, sans pouvoir se fonder sur autre chose que les discours vociférés sur la place Mayor, qu'Elle avait été mille fois plus dangereuse que les oscillations politiques, économiques, les manœuvres louches dont Il était coutumier, ce gouverneur gouvernant qui nous gouvernait tous.

Quand, pour finir, Elle expira, donnant le coup de grâce aux espoirs et aux souhaits, nous étions fin juillet, date propice aux cruautés de toute sorte, au froid, au vent et aux averses. Des cieux brouillés, noirs de nuages, tombait une pluie lente, implacable, une pluie d'aiguilles qui menaçait d'être éternelle. Se désintéressant des manteaux et des peaux humaines, préférant s'imprégner sans tergiverser jusqu'à la moelle des os.

L'humidité renforçait l'odeur fétide des vêtements usés revêtus pour un deuil improvisé : ne bougeant quasiment pas, muets, parce qu'il n'y avait qu'un seul responsable de leur malheur, et celui-ci ne pouvait être nommé, bien qu'il fût maître du froid, de la pluie, du vent et de l'adversité.

D'après la petite histoire, si souvent plus

proche de la vérité que l'Histoire avec un grand H que l'on écrit et publie, cinq médecins entouraient le lit de la moribonde. Et tous les cinq s'accordaient pour dire que toute science a ses limites.

Au rez-de-chaussée, impatient, faisant les cent pas, s'efforçant de répondre aux questions que posaient au téléphone journalistes curieux ou généreux, il y avait un autre homme, peut-être médecin lui aussi, bien que ce détail soit totalement dépourvu d'importance.

C'était un Catalan, embaumeur de son état, réputé, qu'Il avait appelé il y avait déjà un mois de cela afin que le corps de la malade ne suivît le destin propre à toute chair.

Une lutte sourde mais tenace opposait les cinq du haut et l'ermite du bas. En effet, celui-ci, même à titre de distraction, ne croyait même pas à la Vierge de Montserrat, alors que ceux du haut se partageaient entre adeptes de la Vierge de Lujan, de La Rioja, de San Telmo, des Sept Plaies ou du Perpétuel Secours. Mais tous tombaient d'accord sur l'essentiel, tous se réclamaient de la Sainte Église apostolique et romaine. Et tous croyaient aux éructations dominicales des curés.

Pour remplir son contrat, l'embaumeur catalan devait faire une première injection au cadavre une demi-heure avant qu'il fût reconnu comme tel. Les croyants obstinés du premier étage s'opposaient à tout projet d'embaumement, bien que le Catalan engagé eût déjà donné de multiples et indiscutables preuves de son talent. Je me souviens de la photo, publiée dans une brochure, d'un enfant décédé à l'âge de douze ans, placidement assis dans un fauteuil, arborant un impeccable costume marin. On exhibait sa momie chaque fois qu'il aurait dû fêter son anniversaire — il prenait tout cela de haut, le temps n'existait plus, ses joues étaient toujours aussi roses et dans ses yeux de verre brillait un éclair de malice —, ou quand il fêtait l'anniversaire de son inexorable décès. Il occupait donc deux fois par an la place d'honneur et les quelques parents qui lui restaient — le temps existait bel et bien — l'entouraient, prenaient le thé, mangeaient des gâteaux et buvaient un petit verre d'anis.

Ils s'opposaient à la toute première et indispensable injection. Car la Sainte Foi qui les unissait distribuait des âmes qui écouteraient éternellement la musique d'anges qui ne changeraient jamais de portée — peut-être gravées dans leurs petites têtes équivoques — ou jouiraient de supplices qu'aucun policier d'ici-bas eût encore conçus.

Si bien que lorsque les litres de morphine cessèrent de respirer, ils se regardèrent, hochèrent la tête et consultèrent leur montre. Il était exactement vingt heures. L'un d'entre eux alluma une cigarette, les autres rendirent aux fauteuils leur fatigue.

Ils attendaient désormais que la putréfaction fît son travail, que quelque mouche verte, malgré la saison, descendît faire une halte sur les lèvres ouvertes. Car la Sainte Église exigeait qu'ils respirent la chair cadavérique, la puanteur qui suivrait sans tarder, imaginent le fastidieux labeur de sept générations de vers. Tout cela correspondait à ce qu'aimait Dieu, qu'ils respectaient et craignaient. Les minutes passent vite quand un diplômé veille au nom de sa foi.

Emilio, le plus respectueux des indiscutables manifestations de la divinité, dit :

— Ma parole, il fait de plus en plus chaud !

Plus tard, ils décidèrent de descendre pour annoncer la triste nouvelle, attendue de tous.

Il était en train de dîner et approuva d'un signe de tête. Puis Il les remercia pour les services rendus et demanda qu'on leur envoie leurs honoraires. Pointa un doigt vers le premier galonné venu et lui ordonna de donner aux radios, et d'abord à la sienne, l'ordre de diffuser l'information.

Refaite, corrigée, pesée, cela donna : « Le ministère de l'Information et de la Propagande a le regret et le devoir de vous annoncer qu'à vingt heures vingt-cinq Elle a accédé à l'immortalité. »

Le médecin catalan, gêné par sa petite valise, monta l'escalier quatre à quatre. Il prépara l'injection et la froideur du corps qu'il palpa le plongea dans la consternation.

Les portes étaient toujours fermées et la foule, obstinée, commença à s'agiter. Les policiers cessèrent d'offrir de petits verres de café froid et aussitôt parurent des vendeurs de chorizos, de gâteaux, de rafraîchissements tiédasses, de couvertures, de fruits secs et de tablettes de chocolat. Sans grands bénéfices, car le premier contingent n'arriva qu'à neuf heures, provenant de quartiers de la périphérie que les habitants de la Grande Ville ne connaissaient pas, des *villas miseria*, des baraquements de tôle, des grottes et de la terre elle-même, autrement dit de la boue. Ils souillaient la ville en silence et sans scrupules allumaient des cierges dans tous les creux qu'offraient les murs de l'avenue, sur toutes les marches de marbre qui permettaient d'accéder aux porches fermés à double tour. La pluie et le vent respectaient certaines flammes, d'autres non. Ils collaient des images ou des coupures de magazines et de journaux qui reproduisaient, sans la moindre fidélité, l'extraordinaire beauté de la défunte à jamais disparue.

À dix heures du matin, on leur permit d'avancer, deux mètres toutes les demi-heures, et ils purent franchir la porte du ministère, par groupes de cinq, sous les poussées et les coups ; ceux que les flics préféraient, c'étaient les coups de genoux dans les ovaires, excellent remède contre l'hystérie.

À minuit, un bruit courut de quartier en quartier, parcourut les mètres et les mètres de queue qui avançaient d'un tout petit pas. « Elle a le front tout vert. On va fermer pour la maquiller. »

Et ce bruit, bien que mensonger, fut d'autant mieux accepté qu'il répondait à merveille à l'attente des milliers et des milliers de nécrophiles chuchotants et endeuillés.

L'ARAUCARIA

LE PÈRE LARSEN descendit de sa mule lorsqu'elle refusa de gravir le raidillon du petit village. Il portait une soutane, jadis noire, qui, sans hésiter, tournait désormais au vert bouteille, fruit de l'âge et de l'indifférence. Il continua donc à pied, s'arrêtant au milieu de chaque pâté de maisons, pour respirer bouche entrouverte, tout en se disant qu'il devait cesser de fumer. Avec sa petite valise qui contenait tout ce qu'il fallait pour sauver les âmes sur le point de se séparer des corps afin de fuir la souffrance et l'imminente putréfaction. Aucun moinillon n'ouvrait la marche une clochette à la main ; personne n'agitait de vinaigrier ; personne ne priait, lui excepté, à chaque halte.

La petite maison peinte d'un blanc crasseux était coincée entre deux autres, presque pareilles, et toutes s'ouvraient sur le chemin de terre sèche par des portes hostiles et étroites.

Un homme d'un âge indiscernable ouvrit, il était chaussé d'espadrilles et portait un large pantalon blanc bouffant.

Il se signa et dit :

— Par ici, mon Père.

Larsen sentit la fraîcheur de la pièce chaulée et en oublia presque le soleil agressif des rues mal tracées.

Il était dans une chambre pauvre en meubles ; dans un lit conjugal, une femme se tordait et passait des sanglots à un rire des plus provocants. Puis vinrent les mots, des phrases incompréhensibles qui perçaient le silence, l'éphémère quiétude du soleil, cherchant à atteindre les ombres qui s'étaient rapprochées.

Puis un silence, une mauvaise odeur qui persistait, et soudain la femme agonisante essaya de relever la tête ; elle pleurait et riait. Elle se calma enfin et dit :

— Je veux savoir si vous êtes le curé.

Larsen porta ses mains à sa soutane, pour la lui montrer, pour se convaincre lui-même qu'elle l'enveloppait toujours. Il montra l'entourage — car elle avait les yeux écarquillés et ne regardait que le mur blanc situé en face de son agonie —, il montra des images aux couleurs jadis vives et désormais délavées, de petites médailles de plomb au dessin gommé par les années, tantôt paisibles, tantôt tragiques, exhibant sans retenue des cœurs ouverts dans des poitrines nues.

Et tout à coup, la femme hurla le début de la confession destinée à assurer le salut de son âme. Dont le Père Larsen se souvient en ces termes :

— Mon frère et moi, dès que j'ai eu treize ans, il était mon aîné, tous les après-midi de printemps ou d'été, nous baisions près de la rigole qui passe sous l'araucaria, et Dieu seul sait qui a commencé ou si l'inspiration nous est venue à tous les deux en même temps. Et nous baisions et rebaisions car, malgré son visage de saint, il arrête, puis recommence, et il ne se fatigue jamais, il faut bien dire aussi que j'en voulais toujours plus.

Le frère s'éloigna du mur, fit non de la tête et approcha sa main de la bouche de sa sœur, mais le curé l'arrêta et murmura :

— Laissez-la donc mentir et se soulager. Dieu entend et juge.

De telles paroles n'ajoutaient pas grand-chose à sa collection où il y avait déjà pas mal d'incestes, inévitables dans ce trou dépeuplé d'hommes emportés par la guerre ou la misère ; mais peut-être n'y en avait-il aucun d'aussi tenace, d'aussi répété, presque conjugal. Il voulait en savoir plus et murmura d'un ton convaincant : « Telle est la vie ici-bas, telle est la chair, ma fille. »

Les yeux à nouveau dilatés, elle se perdait dans le havre de paix rassurant offert par le mur blanchi à la chaux. Puis elle se remit à rire et à pleurer, sans verser de larmes, comme si rires et pleurs étaient la forme sonore prise par les mots et les graves aveux. Larsen comprit qu'elle n'était pas moribonde et qu'elle ne se moquait pas. Elle était folle et le frère, à supposer que ce fût son frère, surveillait sa folie d'un visage sévère taillé dans le bois.

Se trompant à dessein, il ordonna des *Notre Père* et des *Je vous salue Marie* et comme autrefois, eut un moment d'hésitation, retenu par son vieux dégoût, tout en se penchant pour bénir la tête aux cheveux humides et emmêlés ; il ne put ni ne voulut la baiser au front.

En sortant, guidé par le frère impassible, il entendit ces mots :

— La prochaine fois que je meurs, je vous appelle et vous raconte l'histoire du cheval et du tabouret pour traire. Il m'a aidé, mais il ne s'est rien passé.

Dans la rue, immergée dans la blancheur obstinée du soleil, la mule frottait sans succès son museau contre les pierres en quête de quelque chose à se mettre sous la dent.

De retour à son enclos, la bête, pressée, trottait docilement, tandis que le Père Larsen, qui n'avait pas ouvert son ombrelle rouge, faisait le bilan de ce qu'il avait réussi à obtenir et attendait, gonflé d'espoir, la deuxième agonie de la femme.

Et il chercha en vain un araucaria.

PLEINE LUNE

ELLE S'APPELAIT Carmencita et avait tout au plus cinquante ans. Elle se retourna pour la troisième fois dans son lit, retira le drap qui lui couvrait le visage et comprit qu'elle ne dormirait pas. On entendait encore les bruits de la nuit sabbatique de Buenos Aires.

Elle caressa ses seins fatigués et songea un moment à sa dernière menstruation, définitivement la dernière. Le garçon qui lui rendait visite presque tous les samedis parce que cela ne lui coûtait pas grand-chose et qu'il n'y avait pas de menace de complications à l'horizon ne savait rien de cette fin. Le dénouement lui appartenait en propre, en exclusivité et personne ne pouvait soupçonner quoi que ce soit parce qu'elle était encore mince et savait se maquiller.

À bout, elle alluma la lumière et une cigarette. Puis elle déplaça le rideau de la fenêtre et il lui sembla que son front était à deux doigts de se cogner au rond jaune de la lune suspendue dans la noirceur du ciel comme la peau d'un tambour. Elle se souvint :

L'automne jaunit déjà
comme un vieux tambour de fête de village.

Elle pensa, repensa mille fois aux mots du poème, perdu comme tant de choses qui ne sont plus.

Et aussi :

J'eus, j'ai eu, j'avais
et je n'ai plus rien.

Sa langue remuait dans sa bouche et répétait ces vers. Toujours en silence. Elle se souvint de la frayeur de ses treize ans, la première fois. Puis, en brefs instantanés, des visages et des corps, des gestes, des expressions, voire des voix des hommes, mais non tous, qui avaient mêlé leur peau à la sienne. Mais un seul était resté, le plus sot, pourvoyant fort bien à l'entretien du ménage, comme elle put le constater quand ils se marièrent. Deux ans et demi et l'homme lisait avec aux lèvres un sourire d'approbation les poèmes et les nouvelles qu'elle écrivait. Mais tout cela n'était guère sérieux et chaque lecture se terminait par une caresse sur sa tête et dans ses cheveux emmêlés. Deux ans et demi, trente mois, et elle déménagea dans un petit appartement très clair de la rue Ayacucho, cet appartement dans lequel en ce moment même elle fumait, triste et irritée, et revoyait d'autres choses du passé, son premier livre publié à compte d'auteur, ses autres livres, dont ses amis avaient fait l'éloge, les prix qui lui avaient valu des faveurs. Mais elle avait toujours su que tout ce qu'elle avait écrit pouvait disparaître sans que personne s'en aperçût, que tout était médiocre et prétentieux. Elle savait tout cela et haïssait les hommes dont elle se servait et qui se servaient d'elle. Depuis tant d'années.

Elle se mit à chercher, comme si c'était possible, le moment, la ligne qui avaient séparé la jeunesse de la vieillesse. Quoi qu'il en fût, trop de temps avait passé depuis le jour où son corps s'était mis à décliner. Car, bien qu'elle se souvînt en permanence du collier de rides dessiné sur son cou — toujours recouvert de foulards de soie brillants aux couleurs criardes et adolescentes —, elle se sentait encore jeune, saine, et son esprit, elle en était sûre, n'avait pas suivi la détérioration de son corps, il n'avait pas épousé le mouvement épouvantable et obstiné, irrépressible, inéluctable, qui la précipitait vers la déchéance, le retrait et la mort.

Elle avait aussi obtenu — et cette fontaine de vengeance la faisait vivre — qu'un journal qui n'était guère lu lui confiât la direction d'un quart de page pour faire de la critique littéraire. Et comme tous les hommes, ou peu s'en fallait, qui étaient venus et repartis appartenaient à la faune des intellectuels et publiaient de temps à autre des livres, elle pouvait très bien échauffer sa bile, exercer son rire moqueur, désormais si fêlé, si éloigné des clochettes et des grelots.

Elle entendit la sirène d'une voiture de police qui s'éloignait du quartier nord et une porte qui claquait. Encore une qui sort d'un lit, pensa-t-elle, indifférente. Elle se rappela sa conversation avec Mario, l'été précédent, sur une plage cachée, presque privée, de Mar del Plata. C'était elle qui parlait tandis que la main de Mario jouait dans le sable. Elle disait combien Dieu ou la nature sont injustes, qui rendent ridicule une femme de cinquante ans liée à un jeune homme de vingt, alors que tout le monde trouve le contraire normal.

Lorsque le jour se leva elle éteignit la lumière et farfouilla dans le tiroir de la table de nuit jusqu'à ce qu'elle ait mis la main sur les pilules contraceptives et le tube de somnifères. Puis souleva la persienne et jeta vers la douce lumière du matin les pilules désormais inutiles. Avala les somnifères à l'aide d'une gorgée de *jerez* bue au goulot.

Ce qu'il restait de la nuit, la noirceur qui l'entourait, cherchaient à la convaincre de la nécessité d'une descente, d'une immersion lente et sans heurts. À bout de forces, elle se rebellait pourtant et parvenait à se revoir au milieu d'un bal de campagne, où seul le vin doré donnait de la joie, où personne n'était ivre, le cercle des danseurs tournoyait au rythme des chansons, se laissait porter par elles, ce cercle qui fut sien, où elle évoluait légère et vêtue d'une robe à fleurs, heureuse, ignorant rides et petites douleurs des articulations, la peau du visage si fraîche, si lisse, à laquelle l'heureuse fatigue donnait un teint de rose, un œillet dans les cheveux, un œillet dans la poitrine, un œillet dans la bouche. Si heureuse et redoutant tant de ne l'être plus qu'elle tâtonna dans l'ombre pour attraper d'autres somnifères, davantage de *jerez* ; mais la joie de sa danse ininterrompue sous la lumière des lampions et des bougies recouvertes de cylindres multicolores de papier plissé tantôt bleus, tantôt verts, tantôt rouges, refusa de revenir ; la succion du lit se fit plus forte, sereine et sans violence, et, maître et esclave de la noirceur, elle accepta de s'enfoncer, en respirant pour la dernière fois l'odeur évanescente de la lavande dont le drap qui lui couvrait le menton était imprégné.

DEMAIN
SERA UN AUTRE JOUR

La pluie avait presque entièrement vidé les Ramblas et les seules personnes qui restaient s'étaient regroupées dans l'unique café vitré dont depuis déjà des mois on lui avait interdit l'entrée.

La Sonia, debout sous le porche de la maison vide, vit la pluie fatiguée se transformer en douce bruine, puis s'arrêter tandis que se levait un vent de plus en plus froid, et tout cela lui parut de bon augure. Un peu plus loin, de l'autre côté de la large promenade, les lumières de la ville s'allumaient les unes après les autres. La nuit commençait à tomber et, respirant l'odeur morne de son manteau mouillé, elle pensa que l'espoir aussi commençait. Elle sourit, sans y croire vraiment, comme une petite fille à qui on raconterait une histoire invraisemblable et déjà entendue.

Elle tapota encore une fois sa perruque blonde et frisée et avec le plus grand soin — elle avait les ongles très longs — tira ses bas ajourés attachés au porte-jarretelles.

Elle eut à nouveau un creux à l'estomac et se rappela qu'elle avait un sandwich au jambon dans son sac. Mais elle ne pouvait se permettre d'abîmer le dessin de la bouche qu'elle s'était fait au rouge à lèvres avec le plus grand soin. Elle se rappela aussi qu'elle était en règle avec la police jusqu'à la fin du mois et s'obligea à marcher, en se rapprochant du bord des trottoirs pour sourire aux voitures, remuer les hanches et s'arrêter en feignant de chercher quelque chose dans son énorme sac. Mais rien, personne, et pas un sou pour tenter sa chance dans les bars où on la laissait encore entrer.

Il faisait nuit, puis le jour se leva sur le quartier pouilleux de la grande ville. Et la Sonia, qui n'avait plus ni faim ni guère d'espoirs, marchait toujours sur ses talons aiguilles qui lui faisaient mal.

Et alors se répétèrent les brefs dialogues avec les hommes qui passaient.

— Allons, tu viens !

— Va te faire foutre !

— C'est exactement ce que je veux. Je peux aussi faire le contraire si tu désires savoir comment c'est.

Des hommes, encore des hommes, et son aversion pour eux. Une lumière franche menaçait de monter du port, quant aux autres elles s'éteignaient peu à peu. Elle grimpa l'escalier, ses coûteux bas de soie à même le sol. Ouvrit la porte pleine de taches et alluma la lumière du plafond. Le garçon s'assit sur le lit et demanda, la gorge nouée :

— Ça s'est bien passé ?

— De la merde, ma petite. Je meurs de faim. Je crois qu'il reste une boîte de sardines et du pain du petit déjeuner.

Le gars, brun et maigre, se leva du lit et se mit à fouiller l'armoire ; il dit d'une voix câline et plaintive :

— Tu ne m'as pas encore embrassé.

— Tout de suite.

Face au miroir, la Sonia ôta sa perruque et se caressa les joues.

— De la barbe, une fois de plus.

Puis elle se déshabilla et observa ses seins gonflés de paraffine et son sexe qui pendrait en tremblant, inutile, jusqu'après les sardines.

TABLE

DU MÊME AUTEUR

Aux éditions Gallimard

Les Bas-Fonds du rêve, 1981

Le Chantier, 1984

Ramasse-Vioques, 1986

La Fiancée volée, 1987

La Vie brève, 1987

C'est alors que, 1989

Aux éditions Christian Bourgois

Le Puits, 1985

Les Adieux, 1985

Une nuit de chien, 1987

Terre de personne, 1989

Première édition

Dépôt légal : mai 1994
N° d'édition : 0026

Imprimé et relié à Singapour par
Singapore National Printers